Núria Cussó

EL TRESOR del pirata

Dibuixos de Joan Puig

Edicions del Pirata

En Pere és el pirata de sis anys
més valent i espavilat del Mediter.
Amb la seva família ha creuat mars
i muntanyes en busca de tresors.

EN PERE ÉS EL PIRATA DE SIS ANYS
MÉS VALENT I ESPAVILAT DEL MEDITERRANI.
AMB LA SEVA FAMÍLIA HA CREUAT MARS
I MUNTANYES EN BUSCA DE TRESORS.

Tot i que encara no aixeca
mig pam de terra, es fa dir Barbanegra,
igual que el pirata més perillós
de la història.

TOT I QUE ENCARA NO AIXECA
MIG PAM DE TERRA, ES FA DIR BARBANEGRA,
IGUAL QUE EL PIRATA MÉS PERILLÓS
DE LA HISTÒRIA.

En Pere té una missió molt important:
la de guardar bé tots els tresors
que tants esforços, i alguna batalla,
els han costat.

EN PERE TÉ UNA MISSIÓ MOLT IMPORTANT:
LA DE GUARDAR BÉ TOTS ELS TRESORS
QUE TANTS ESFORÇOS, I ALGUNA BATALLA,
ELS HAN COSTAT.

Entre totes les meravelles que han trobat,
hi té amagat un tresor vell i brut,
però molt especial.

ENTRE TOTES LES MERAVELLES QUE HAN TROBAT,
HI TÉ AMAGAT UN TRESOR VELL I BRUT,
PERÒ MOLT ESPECIAL.

EN PERE DESCOBREIX
QUE LES PERSONES GRANS SÓN MOLT SÀVIES.
QUI ÉS LA PERSONA MÉS SÀVIA
QUE CONEIXES?

1a. edició: febrer del 2012
...
9a. edició: maig del 2020

La Costa, 74
08023 - Barcelona

ISBN: 978-84-96569-95-9
Dipòsit legal: GI-9/2012
Imprès a Catalunya

El paper utilitzat en aquest llibre procedeix de fonts responsables.

En Pere ha fet un fort petó a la seva mare.
Tot va bé, si acaba bé!

EN PERE HA FET UN FORT PETÓ A LA SEVA MARE.
TOT VA BÉ, SI ACABA BÉ!

Tots dos han corregut cap a la bugaderia.
Hi han trobat la mare d'en Pere
estenent per una orella
el seu estimat osset Tet, tot xop,
però més net que mai!

TOTS DOS HAN CORREGUT CAP A LA BUGADERIA.
HI HAN TROBAT LA MARE D'EN PERE
ESTENENT PER UNA ORELLA
EL SEU ESTIMAT OSSET TET, TOT XOP,
PERÒ MÉS NET QUE MAI!

Ella, després de rumiar una estona, ha dit:

-Mmm, em sembla que ja sé on és,
el teu tresor! Fa dies que la teva mare
se'l mirava i deia que posaria remei
a tanta brutícia...

ELLA, DESPRÉS DE RUMIAR UNA ESTONA, HA DIT:

-MMM, EM SEMBLA QUE JA SÉ ON ÉS,
EL TEU TRESOR! FA DIES QUE LA TEVA MARE
SE'L MIRAVA I DEIA QUE POSARIA REMEI
A TANTA BRUTÍCIA...

Finalment, en Pere s'ha decidit
a preguntar-ho a la persona més llesta
i amb més experiència que coneix:
la seva àvia, la Caçataurons.

FINALMENT, EN PERE S'HA DECIDIT
A PREGUNTAR-HO A LA PERSONA MÉS LLESTA
I AMB MÉS EXPERIÈNCIA QUE CONEIX:
LA SEVA ÀVIA, LA CAÇATAURONS.

On deu ser? Potser l'ha amagat
a la bodega, entre els roms
del seu oncle Mateu Ferroalpeu,
i no se'n recorda?
No, a la bodega no hi és.

ON DEU SER? POTSER L'HA AMAGAT
A LA BODEGA, ENTRE ELS ROMS
DEL SEU ONCLE MATEU FERROALPEU,
I NO SE'N RECORDA?
NO, A LA BODEGA NO HI ÉS.

Potser, de tan apedaçat i vell que és,
algú s'ha pensat que era per llençar
i ha anat a parar al mar?
No! No pot ser, tots saben com se l'estima!

POTSER, DE TAN APEDAÇAT I VELL QUE ÉS,
ALGÚ S'HA PENSAT QUE ERA PER LLENÇAR
I HA ANAT A PARAR AL MAR?
NO! NO POT SER, TOTS SABEN COM SE L'ESTIMA!

Avui, en Pere està trist. Com cada matí
ha repassat totes les joies del vaixell
i, a l'hora d'obrir el cofre,
el seu objecte preferit no hi era!

AVUI, EN PERE ESTÀ TRIST. COM CADA MATÍ
HA REPASSAT TOTES LES JOIES DEL VAIXELL
I, A L'HORA D'OBRIR EL COFRE,
EL SEU OBJECTE PREFERIT NO HI ERA!